Renate & Uwe H. Sültz

Bücher von A bis Z

Alle Tiere haben eine Seele...

schau' in ihre Augen

Ein Büchlein aus dem ehemaligen Bad Königsborn

BoD - Books on Demand
Norderstedt 2020

Bibliografische Information durch die Deutsche Nationalbibliothek
Die Deutsche Nationalbibliothek verzeichnet diese Publikation in der
Deutschen Nationalbibliografie; detaillierte bibliografische Daten
sind im Internet über http://dnb.dnb.de abrufbar.

SÜLTZ BÜCHER... bekannt mit den Gesundheits-Tagebüchern!

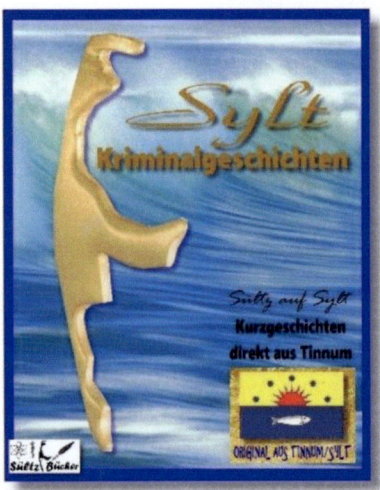

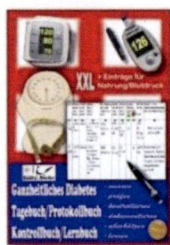

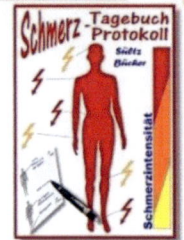

© 2020 Renate & Uwe H. Sültz
Herstellung und Verlag:
BoD – Books on Demand, Norderstedt
ISBN 9-78375-1-90018-8

Alle Tiere haben eine Seele... schau' in ihre Augen

Anfang 2020 ist auf der ganzen Welt das Corona Virus ausgebrochen. Angeblich soll es auf einem Wochenmarkt in China vom Tier zum Mensch übertragen worden sein. Verschwörungstheorien kursieren natürlich auch überall herum. Vielleicht haben ja sogar Außerirdische ihre Hände im Spiel? Wenn ja, was wollen sie uns sagen? Etwa: „Hallo, werdet endlich vernünftig und geht besser mit Euren Ressourcen um." ... Oder etwa: „Denkt besser an das Wohl Eurer Tiere. Auch sie haben eine Seele."

Könnte alles sein, wir haben keine Beweise, bleiben wir also bei den Tatsachen. Oder vielleicht bei den Kurzgeschichten... es folgt eine Kurzgeschichte für Erwachsene:

Emil ist in Freiheit

Emil war ein gut genährtes Schlachtschwein. Noch rannte es gut gelaunt mit seinen Freundinnen und Freunden auf dem Hof von Bauer Heinemann herum. Bauer Heinemann sorgte gut für das Wohl seiner Tiere. Das ist nicht in allen Stallungen auf der Welt so. Viele Schlachttiere wissen gar nicht, was Leben ist, bzw. sie wissen überhaupt nicht, dass sie leben oder wozu.

Was heißt überhaupt „wir leben"? Ob sich Tiere, wie wir Menschen, im Spiegel erkennen? Ob sie ein Bewusstsein haben? Ob sie wissen, dass sie einmal sterben müssen? Wir wollen nicht näher darauf eingehen. Aber wir alle sollten uns darüber einmal Gedanken machen, oder? Aber eine Seele werden doch wohl alle Geschöpfe Gottes haben, da sind wir uns doch bestimmt alle einig?

Schon allein das Wort Schlachttiere ist doch schon problematisch. Haben wir Menschen es zu bestimmen, wer ein Schlachttier wird?

Zurück zur Geschichte: Bauer Heinemann begrüßt seine Schweine jeden Morgen mit „Hallo Freunde!".
Abends wünscht er ihnen eine „Gute Nacht".

Die Tiere merken die gute Behandlung und machen einen guten Eindruck. Sie sind gesund und lebhaft. Nach 9 Monaten kommt dann der Tag des Abschieds. Ein großer LKW fährt vor. „Heute machen wir einen Ausflug!", ruft Bauer Heinemann den Schweinen zu. Aber er ist dabei sehr traurig.
Nur, jeder muss leben, jeder muss arbeiten, jeder muss überleben.
Aber die Schweine müssen sterben. Abgepackt in fast gleich große Stücke landen sie dann in Normpaketen auf unseren Grills, in unserem Suppentopf oder in der Pfanne. So war es wohl immer, so ist es heute, aber vielleicht wird es nicht immer so bleiben.

Auch für Emil und seine Freunde kam der Tag der Tage. Alle hatten genau das richtige Gewicht, um nach der Schlachtung in diese Norm-Verpackungen zu passen. Genau bei diesem Gewicht bringen sie den höchsten Gewinn... für alle... fast, denn die Tiere bezahlen mit ihrem Leben.

Und dann kam der Tag im Juni 2020. Der Tag, ab dem vielleicht alles anders werden könnte. In einem Schlachtbetrieb in Gütersloh brach bei vielen Arbeitern das Corona-Virus aus. Warum nur? Nun, das ist eine andere Geschichte, die Politik wird handeln.

Auf jeden Fall konnte Bauer Heinemann seine schlachtreifen Schweine nicht zu dieser Schlachterei bringen, denn der Betrieb musste schließen.

Der Stall bei Bauer Heinemann platzte aus allen Nähten. Viele Bauern aus der Umgebung hatten nun große Probleme.

Emil und seine Freunde wurden immer dicker. Sie fraßen und fraßen. Alle hatten großen Spaß miteinander. Besonders gern wälzten sie sich im Schlamm herum und quiekten, was das Zeug hielt. Für Bauer Heinemann wurde es schwierig, andere Schlachtereien zu finden. Bei vielen weiteren Schlachtereien brach bei den Arbeitern das Virus aus. Wie gesagt, die Politiker handeln bereits.

Auf der ganzen Welt löste das Corona- Virus eine Kettenreaktion aus. Restaurants brauchten Fleisch für ihre Gäste. Sie brauchen aber auch Gäste, die erst viel später wieder kommen durften. Und wenn wir uns alle nicht vorsehen, beginnt das Spiel wieder von vorne. Wobei es sich um Gottes willen nicht um ein Spiel handelt, denn viele Menschen haben mittlerweile ihre Existenz verloren, viele ihr Leben...

Alles dies kümmerte Emil überhaupt nicht. Er wusste ja noch gar nicht, dass er ein Schnitzel werden sollte.

10 Tage sind schon vergangen. Beim Wettlaufen stürzte Emil vor einen Zaun, der Emils Gewicht nicht standhalten konnte. „Hey!", rief Emil den anderen zu, „Da hinten geht ja die Welt weiter! Los, wir erkunden das einmal."
Alle liefen los. Emil rannte in den naheliegenden Wald. „Boa, ist das schön hier und wie das riecht."

Plötzlich bewegte sich etwas im Gebüsch. Neugierig lief Emil dort hin.
„Psst, verstecke Dich.", flüsterte eine Stimme. Aus dem Gebüsch kroch eine Sau mit ihrem Ferkel. „Hey, ich bin Emil. Wer seid ihr denn?"
„Ich bin Else, das ist mein Kind Robin.", flüsterte das weibliche Schwein. „Komm' in unser Versteck, schnell."

Else erzählte: „Weißt Du denn gar nicht Bescheid? Mit uns passiert doch etwas Schlimmes." „Nein", sagte Emil, „was soll schon passieren? Ich fühle mich bei dem Bauern sehr wohl. Vor einigen Tagen wollten wir sogar einen Ausflug machen."
„Einen Ausflug?", sagte Else entsetzt, „nein, nein, geschlachtet solltest Du werden. In unserm Stall war es schmutzig und stickig. Es war sehr eng.
Sogar als ich meine Kinder bekam, konnte ich mich nicht bewegen und lag in meinem eigenen Kot. Dann wurden wir alle in einen LKW getrieben.
Viele brachen sich ihre Beine. Mich schlug man. Dann klingelte das Telefon.

Ein schlimmer Virus legte die Schlachterei lahm. Jetzt sei sie geschlossen. Man trieb uns zurück in den Stall. Plötzlich brach die Laderampe. Ich konnte flüchten. Robin spielte im Hof. Er kroch unter dem Zaun her und wir liefen in den Wald. Nun sind wir hier.

Ansonsten würde ich schon auf einem Grill liegen und wäre mausetot."

Emil verstand, was Else sagte. Er verstand auch, was er für eine Aufgabe auf dieser schönen Welt hatte. Er verstand, dass er sterben sollte, damit Menschen zu Essen hatten.

Die Zeit verging. Robin, Else und Emil haben von nun an ein schöneres Leben in Freiheit im ... Wald. Der Name wird natürlich nicht verraten, die Familie soll schließlich nicht auf dem Grill landen.

Am Anfang haben wir geschrieben: Denkt an das Wohl der Tiere!

Denken wir also alle darüber nach...

Pfiffig und verfressen

ist der kleine Waschbär.

Drum gib ihm was zu essen,

und er freut sich sehr.

Fröhlich sitzt er auf der Scholle,

der dicke Eisbär Otto.

Vor Kälte schützt ihn seine Wolle.

Fiche fangen ist sein Motto.

Ein Rehlein steht scheu im Wald.

Ein junger Jäger will es wissen,

und freut sich auf den Braten bald.

Er will die Jagdtrophäe hissen.

Doch er hat ein gutes Herz.

Das Rehlein, es soll leben.

Es ist kein dummer Jägerscherz,

das Leben will er ihm geben.

In einer Koppel jung und schön,

steht ein stolzer Hengst.

Eine Stute will er gerne sehen,

denn es ist Zeit, schon längst.

Stolz liegt er auf der Lauer,

ein Löwe hungrig und schlau.

Nichts hat er zu fressen und wird sauer.

Es schleicht zurück zur Löwenfrau.

Da ist ein süßer, dicker Mops.

Wie munter er doch ist.

Gierig frisst er meinen Klops.

Ich hatte einen, was für ein Mist.

Auch ein Schwein will friedlich leben,

eingesperrt darf es nicht sein.

Liebe und Frohsinn kann es uns geben,

und sauber ist es obendrein.

Wiederkäuend steht es im Stall

und freut sich über frisches Stroh.

Das Rind von Bauer Hanniball,

ist gesund und lebensfroh.

Der Fuchs, ein fröhlicher Gesell',

hat sein Haus in Bodennähe.

Er jagt, wenn es schon hell.

Er frisst auch oft eine Krähe.

Der Waldkauz, dieses kleine Wesen,

stolz sitzt es in den Bäumen.

Guckt, als wäre nichts gewesen,

will nur in Ruhe träumen.

Es piepst vergnügt ein Mäuschen

und freut sich sehr, zu leben.

Fühlt sich wohl in seinem Häuschen,

will nur sein Bestes geben.

Der Karpfen sitzt in seinem Teich.

Er ist fröhlich und klug.

Er schnappt sich Fliegen gleich.

Kriegt davon nie genug.

Der Elefant von Hagenbeck

ist stets zu Späßen bereit.

Er wälzt sich gerne mal im Dreck,

ist glücklich und hat sehr viel Zeit.

Die Giraffe ist anmutig und groß.

Sie kreuzt beim Kauen ihre Lippen.

Der lange Hals ist sehr famos,

und riesig ihre Rippen.

Der Mensch, die Natur und die Tiere gehörten immer schon zusammen. Die ersten Völker achteten sie und wussten genau, wann und welches Tier sie erlegen konnten. Die Population und die Natur blieben im Gleichklang.

Heute ist alles anders. Die Gier des Menschen nach Gut und Geld zerstörte viele Wälder. Damit wurde den Tieren der Lebensraum einfach genommen. Immer wieder werden Tiere aus gerodeten Gebietet gerettet und in Auffangstationen gebracht.

Dann ist da auch noch die Gier des Menschen nach Fleisch. Immer mehr muss es sein, aber kosten darf es nicht viel. Das Ergebnis ist heute die Massentierhaltung. In engsten Verhältnissen werden Tiere mit Medikamenten schnell schlachtreif gezüchtet.

Kranke Tiere, die in zu engen Ställen gehalten werden, treibt man zur Schlachtbank. Die angstvollen Schreie der Tiere hört kein Mensch.

Wir müssen die Tiere schützen, indem wir schnellstens unser Essverhalten ändern und auf Qualität setzen. Lieber weniger Fleisch und mehr für ein Schnitzel bezahlen. Sicher ist, dass diese Tiere nicht gelitten haben und artgerecht gehalten wurden.

Renate und Uwe H. Sültz wünschen allen Lesern unserer Bücher nach wie vor viel Freude am Lesen.

SÜLTZ BÜCHER decken alle Genres ab und haben mittlerweile weit über 400 Bücher weltweit veröffentlicht!

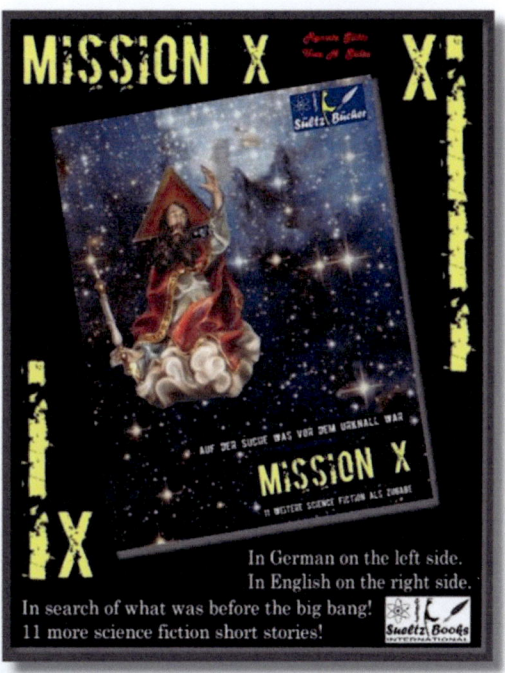

MEIN DIGITALER NACHLASS

DIGITALES ERBE

Mit Erfolg Schritt für Schritt zur Absicherung!

Brille vergessen?
Sültz' Bücher mit großer Schrift!

Sültz' Tipps & Ratschläge